Impressum:
© 2024 Undine Leverkuehn
Erstausgabe 1993 Oros-Verlag, Altenberge 1993

Fotografien für das Cover:
Danae Asteriadi u. Oliver Rivas; www.pixabay.com
Buchsatz & Umschlaggestaltung:
Angelika Fleckenstein; Spotsrock

Druck und Distribution im Auftrag der Autorin:
tredition GmbH, Heinz-Beusen-Stieg 5, 22926 Ahrensburg, Germany

ISBN:
Softcover 978-3-384-20293-2
Hardcover 978-3-384-20294-9

tredition GmbH
Abteilung „Impressumservice"
Heinz-Beusen-Stieg 5
22926 Ahrensburg
Deutschland

UNDINE LEVERKUEHN

Wege durch Insel-Landschaft

Lyrik

Undine Leverkuehn

Wege durch Insel-Landschaft

Inhaltsverzeichnis

Insel-Verdichtung

Im Bannkreis von Lanzarote

Es peitschen die Stürme
die schwankenden Fähren.
Es treiben die Wogen das schlingernde Schiff.
Aus der Tiefe ringt sich der Erde Gebären,
als ob sich das Jetzt in die Zeiten verlief.

Zu bizarrer Grotesken verwegnen Gestalten,
Geburten der Unvorhersehbarkeit,
erschaudert gebannt, im Sog der Gewalten
schiffbrüchig, im Spiegel des Dämons
dein Heut.

Lanzarote, 1992

⌘ ⌘ ⌘ ⌘ ⌘ ⌘ ⌘

Wanderdünen
auf Fuerteventura

Feinkörniger Sand, sonnengetön-
ter Staub, wohin das Auge sich wendet,
gelassen und einsam, farbenentwöhnt
und karg und vielfaltentfremdet, verschwende-
tes Goldgelb im Farbtopf der großen Palette,
der Winde Spiel, ein wandernd Geschick
im Wandel erhabener Mächte: das Retten-
de seist du dem standortsversteinerten Blick.

Fuerteventura, 1992

⌘⌘⌘⌘⌘⌘

Nebel auf Amrum

Ein westwärts breiter, weiter Dünen Rahmen
säumt dein Bild; und hoffnungsgrünes Sprießen
krönt der Nordsee erst gesprochnes Amen.
Niedliche Häuser, Amrums alter Friesen-
dörfer Krone, spiegeln ein Versprechen:
'So sei es. ja! – Von lautrer Klarheit, gut,
so sei die Welt – dem Strudel der Gebrechen
fern, solange sie in Nebel ruht!'

Nebel (Amrum), 1992

⌘ ⌘ ⌘ ⌘ ⌘ ⌘ ⌘

Norderney

Dein Atem lässt das Vergangene
geläutert und rein empfinden,
geglättete, unbefangene
Oase! – Dem Festland verbünden
sich Denken und Sinn und zugleich
deines ewigen Wandels Gezeiten,
aus denen du bist. Deinen Reich-
tum des Gegensatzes begleiten
des Chaos kosmische Offenbarungs-
Hilfen. Die See wird
der Seele zur Nahrung.

Norderney, 1992

⌘ ⌘ ⌘ ⌘ ⌘ ⌘

Inselverdichtung

Seele – Insel –
erlösungshungrig,
verdichtungsgeneigt,
um im großen Ozean
des Weltenmeeres,
des kosmisch chaotischen Alls
und letztlich
einer umfassenden
schöpferischen Intelligenz
deine Aufhebung
zu erfahren.

Sylt, 1992

⌘ ⌘ ⌘ ⌘ ⌘ ⌘ ⌘

Sylt-
Impressionen

Ferien auf Sylt

Vergiss, was Konformisten an Manieren
dir eingetrichtert! – Von der Gewohnheit Plage fern lässt sich ein feines Leben führen,
ganz zwanglos
wie am siebten Schöpfungstag. –
Du findest eine offne, freie Welt,
in der Kultur
sich zur Natur gesellt.

Sylt, 1992

⌘ ⌘ ⌘ ⌘ ⌘ ⌘ ⌘

Auf dem Roten Kliff

Weit schweift der Blick
über den beweglichen Sand
der hellen Dünen
hinweg
und sucht
der Sonne Spiegelung
in des Meeres festlichem Glanz.

Endlose Weiten erahnend,
bahnt er sich Pfade,
fern von des Festlands
verfänglichem Bannen
und von des Verharrens
Verkettung
und auch über die
insulare Scheinfestigkeit
hinaus.

Befiedert gleich Albatros
eilt er dem Ort
des nimmersatten Verweilens
entgegen,
in dem sich dort
Erde und Himmel
begegnen,
aus dem Urgrund
emporgeflutete Tiefe
und Höhe, schwerebefreit,
Woge des Meeres
und Welle des Lichts.

Kampen (Sylt), 1992

⌘ ⌘ ⌘ ⌘ ⌘

⌘ ⌘ ⌘ ⌘ ⌘ ⌘ ⌘

Sturm am Ellenbogen

Wo unter den Lo-

          hen der Stürme

sich östliches Wat-

          tenmeer

und westlich aufbro-

          delnde Türme

verwegen gar paa-

          ren, vereh-

re ergriffen und schau-

          dernd die Macht der Natur –

als Schauender – und

          aus der Ferne nur!

Sylt, am Ellenbogen, 1992

⌘ ⌘ ⌘ ⌘ ⌘ ⌘ ⌘

Rantum

Grünes Gelände
begrünter Hügel
lädt ein
zu launischem Wechselspiel.
Berausch dich genüsslich
an der schwerkräftgen Talfahrt
Gefälle!

Doch dann ersteige
vom Lichte genährte Höhen!
Ring dich
zur höchsten Erhebung empor,
zur Aufhebung
niedrungsansässiger Scheingegensätze!

Erfahre den Wandel
deines gerichteten Blicks
zu facettenäugiger Umsicht
hin!

Überschaue zugleich
das festlandverwandte Watten-Gewässer des Ostens
und die ozeangewendete Weite des welten-
herrischen Westmeers!

Dem Punkte gleich,
gewichtlos, kraftlos
und scheinbar angekommen
im Jenseits der Dimensionen,
dem unbegrenzten Verfließen
des lebendig Bewegten
anheimgegeben
wird dir dein Standort erscheinen –
und auch gleich einem fremden Planeten,
der die Welten des Wider-
spruches zu einen dir Macht verleiht.

Und jenseits des eindimensionalen
Blickwinkels allgemeiner Verwirrung
erfühlst und erfährst du hier koinzidenz-
perspektivische Orientierung.

Rantum (Sylt), 1992

Kirchenorgel auf Sylt

Auf einem schmalen Streifen
Festland
behütet und wohl geborgen,
spürst du es dennoch;
es ist um dich her:
beidseitiges Ausgeliefertsein
an das Unvorhersehbare.

Sehnsuchtsvoll dehnt der Augapfel
sich in die Weite des Horizonts
und versucht das Fließen einzufangen,
das nahtlose Gleiten von Welle und Licht.

Der Stürme flackernde Lohe,
Donnern und Grollen
und abgründges Aufbegehren
unheilverschworener Wogen,
Boten des Chaos,
werden dem Ohr zur Faszination.

Der Wellen wiegendes Spiel
und ihr landeinwärts gewendetes Fluten
entrücken den Sinn,
bewegen das Denken
auf eine auslösende Urkraft hin
und werden endgültig der Seele zur Offenbarung
durch Flöten, Kornett
und Mixtur angereicherte Nahrung
beim Klang aller Klänge
hoch aus der Höhe des Kirchenschiffs –
und lassen den Schauder
ihres dämonischen Ursprungs spüren
beim Aufflammen des Diabolus
und seiner Verdopplung und seiner Verkettung
zu spannungsreich vieldeut'gem Dissonieren
und seinem Zerfall zu berauschender Brechung
und seinem Tönen in tuttigenährter Fülle.

Westerland (Sylt), 1992

⌘⌘⌘⌘⌘⌘⌘⌘

Keitum

Versteckt zwischen Hügeln
und Wäldern und Wiesen
erscheint überraschend
manch liebreizend Bild,
manch blinkendes Häuschen
im schönsten der Friesen-
dörfer. – Des Meeres
Osten, gestillt,
zum Spiegel geglättet,
bannt träumenden Blick;
Verweilende holt er
ins Märchen zurück.

Keitum (Sylt), 1992

⌘ ⌘ ⌘ ⌘ ⌘ ⌘

Fragwürdigkeit des Verfügbaren

Carpe diem!

Zur Sorge werden Wohl-

          stand, Wohlergehen,

zur Plage wird Besitz –

          und dann zur Last

das ach so traute Du.

          Glückhaft bestehen

bleibt nur das Werk, das du

          geschaffen hast.

Norderney, 1992

⌘ ⌘ ⌘ ⌘ ⌘ ⌘ ⌘

Carpe Viam!

Bedaure nicht,

        im Strom der Zeit

des Augenbli-

        ckes Köstlichkeit

ohnmächtig zu

        begegnen;

Lebendig noch –

        und schon entschwunden –

lässt Fließendes

        den Weg gesunden,

um Wandelndes

        zu segnen.

Norderney, 1992

⌘ ⌘ ⌘ ⌘ ⌘ ⌘

Grenzlinie

Grenzlinie
zwischen scheinbaren Gegensätzen,
vom Menschen geschaffen,
Zeichen der Spaltproduktion,
Bezugslosigkeit und Begrenzung –
unzureichend durchdachte
Absonderung unverstandener Welten
wird aus ihr geboren –
und sei sie zwischen Geist und Natur
oder auch zwischen Chaos und Kosmos
gezogen;
stets offenbart sie die Hybris
des weit sich überhebenden Intellekts
und versündigt sich ständig
am nahtlosen Wirkkreis
des fließenden Lebens.

Limburg, 1992

⌘⌘⌘⌘⌘⌘⌘

Illusion und Wirklichkeit

Fleckchen Erde, das wir behaupten,
Eigen, um das wir uns bemühn,
der Raum, der uns wird,
Zeit, die uns kampflos anheimgegeben,
verfänglich Verfügbares;
wo zeigt er sich, euer letzter Sinn –
denn auch ihr seid vergänglich.

Nicht wirklich, nicht ewig seid ihr,
Produkte unsrer Verklammerung ins Uneigentliche,
Illusionen produktiver Einbildungskraft.

Erscheint da nicht unbestreitbar allein der Vollzug
als des Insel-Daseins strotzende Ich-Behauptung
im Kampf eines jeden gegen den Nächsten? –
Oder bleibt gar dem einsamen Denker noch ein letzter Zweifel
an dem, was da als Besitz alles Sicheren,
des Wissens und Habens sich zeigt? –

Entzieht sich Erkenntnis letzter Verfügbarkeit,
was hält dich dann, einsamer Geist,
noch zurück vor dem Schritt ins Uferlose? –
Nicht 'Was ist wirklich?' –
nicht Erkenntnis! –
'Wer ist wirklich?' –
Lebensvollzug –
so lautet die Losung;
und wirklich ist nur,
wer den Scheinboden aller
erstarrten Verfestigung hinter sich lässt,
der Stimme der Tiefe folgt,
sich aussetzt dem Wagnis ins Ungewisse –
der kühne Schwimmer im Ozean
jenseits von sichtbarer Insel-Geborgenheit.

Limburg, 1992

⌘ ⌘ ⌘ ⌘ ⌘ ⌘ ⌘ ⌘ ⌘

Eisschollen

Sichtbar und scheingefestigt,
umrissen, begrenzt, definiert –
ständ' nicht euer Aggregatzustand
selber im Zeichen der Zeit,
des nahtlosen Überganges
zu unaufhaltsamer Auflösung hin,
zu fließendem Sich-Verflüchtigen ins Grenzenlose –
treibende Eisschollen, Getriebene,
vereinzelt und einsam,
fliehende Inseln,
vergänglichkeitsfluchtbeladen,
noch erscheint ihr in konkreter,
in gestalteter Umrandung, kühl,
ungerührt bis zur molekularen
Bewegungseinebnung hinan,
auf der Oberfläche des Nordmeers.

Noch ist euer Hier und Jetzt
dem Glauben an den Bestand
einer letzten korpuskularen Materieverdichtung
anheimgegeben,

an ein letztes Verfügbares,
das eurem Heute
Hoffnung auf Dauer gewährt.

Doch – fast schon verstehbar
dem fernwehgetränkten Auge –
fallen da Feinde des festlichen Dogmas –
und ohne erlauchtes Einverständnis
verfügbarer Verharrung –
ins Reich der Definitionen:
Strahlen,
Abgesandte des Feuers,
Verbündete von Welle und Woge,
Boten des nicht vernehmbaren Sturzes
der Festung ins Uferlose,
des energetischen Wandels
ins 'Fiat lux'.

Spitzbergen, 1988

⌘ ⌘ ⌘ ⌘ ⌘ ⌘ ⌘ ⌘ ⌘

Wagnis
der Begeisterung

Mitternachtssonne

Entdeck es neu,
das Gold der Könige,
nach dem sich einst
die Pharaonen sehnten,
den Glanz, in dem
vor Zeiten wenige
Unsterblichkeit
für sich alleine wähnten.

Von goldnen Strah-
len übersät erglühen
gewölbten Him-
mels Neigungen. Es bebt
ihr Bild in Wel-
len; See und Sinne blühen.
Du fühlst: Alles
im allem wirkt und lebt.

Spitzbergen, 1988

⌘⌘⌘⌘⌘⌘⌘⌘⌘⌘⌘⌘⌘⌘⌘⌘⌘⌘⌘

Freiflug

Wir schweben auf Wolken, weiß und dicht
und leicht gleich Federn. Der Abgrund gähnt
dort zwischen skurrilen Verdichtungen. Nich-
tiges Nirgendwo wird dort in der Tiefe gewähnt.

Hoch über brauntön'ger Erdhaftigkeit
erspürn wir der Freiheit bläuliche Flügel
und fühlen uns jenseits von Schwere und Zeit
in Ikarus-Weh'n, ohne Zaum, ohne Zügel.

Fuerteventura, 1992

⌘

⌘⌘⌘

⌘⌘⌘⌘⌘⌘⌘⌘

Höhe und Tiefe

Adlerbeflügelt
den Flug dir gewähre
nach jener Sphäre,
nach der all dein Sinnen
trachtet! Doch blicke
dich um! Verwehre
dir nicht den Rückzug!
Zu neuem Beginnen
folge dem Ruf der Tie-
fe! – Schwinden
wirst du dem Licht, um
dich selber zu finden.

Norderney, Marienhöhe, 1992

⌘⌘⌘⌘⌘⌘⌘⌘⌘

Höhenflieger

Deine Segel flattern im Wind.
Du gewinnst an Höhe.
Du steigst.
Flauschiges, federndes Weiß
lädt ein zu gleitendem Spiel.
Heiteren Himmels
milchig anheimelnde Helle
wähnt nicht den Abgrund.
Selten nur gähnt er
grinsend zwischen den Wolken
deinem gebläuten Blick
entgegen.
Ahnest du überhaupt,
was dort in des Meeres
Tiefe dem Auge
bereitet ist?

Niemals wirst du
der Wasser lebendige Fülle,
die erdfarbne Pracht
und das üppige Grün

seiner Gründe spüren,

niemals

der wimmelnden Wesen

Bangen und Schrecken

und Qual und Glückseligkeit

fühlen.

Allein

der Sturz in die Tiefe

kann dich noch

retten.

Norderney, 1992

⌘

⌘

⌘

⌘ ⌘

⌘ ⌘ ⌘ ⌘ ⌘ ⌘ ⌘

⌘ ⌘ ⌘ ⌘ ⌘ ⌘ ⌘

⌘ ⌘ ⌘ ⌘ ⌘ ⌘ ⌘

⌘ ⌘ ⌘ ⌘ ⌘ ⌘ ⌘

Gefahren-
zone

Drachenschicksal

Schlangenbögen,

        Kurven, Kreise

lockten in des

        Windes Weise

zu der Lüfte

        lauem Spiel.

Frisch gekürter

        Stürme Reigen

trieben ihn em-

        porzusteigen,

hoch, bis er vom

        Himmel fiel.

Norderney, 1992

⌘⌘⌘⌘⌘⌘⌘

Unter den Wassern

Wenn dir der Seen Spiegel-
glätte
heut regungslos erscheint,
dann rette
dich! Fürcht in dir des Tauchers
Zwang,
des Forschers Geist, das stolze
Ringen,
der Wasser Tiefe zu
erzwingen,
der nichts entglitt, was sie
verschlang.

Norderney, 1992

⌘ ⌘ ⌘ ⌘ ⌘ ⌘

Möwen

Hoch oben in Lüften,
        in lichtblauen Räumen,
hoch über den Wassern,
        den tiefen Gefahren,
den Schluchten, den Schlünden,
        den abgründ'gen Träumen
vermögt ihr die Reinheit
        der Seele zu wahren.
Uns schiffbrüchig Trunknen
        die Bitte gewährt:
Verlasset uns nicht
        auf dem sinkend Gefährt!

Norderney, 1992

⌘⌘⌘⌘⌘⌘⌘

Flut

Landeinwärts strömt 's;

           einsamer Wandrer, weiche!

Du wähltest den

           geschützten Hort, dein Haus,

drängt' es dich nicht

           dort jenseits aller Deiche

aus deinem eig-

           nen Schwerefeld hinaus.

Norderney, 1992

⌘ ⌘ ⌘ ⌘ ⌘ ⌘ ⌘

⌘ ⌘ ⌘ ⌘ ⌘ ⌘ ⌘

⌘ ⌘ ⌘ ⌘ ⌘ ⌘ ⌘

An den Mond

Verbannter Magier,
          nächt'ger Zauber, ziehe
des Wegs! Deine Tra-
          bantenbahn verrü-
cke nicht des Menschen
          Sinn! Gib ihn der Mühe
und auch das Meer der
          Erdenlast zurück!

Norderney, 1992

☾★☾☾☾☾★

Ebbe

Die Wasser, sie weichen,
                    vom Fluche befreit,
erhält nun die Erde
                    das Ihrige wieder;
und Hoffnung, der Zei-
                    ten Dauergeleit,
weht Stunden fluten-
                    der Furcht hernieder.

Norderney, 1992

⌘ ⌘ ⌘ ⌘ ⌘ ⌘

Im Bannkreis
ersehnter
Gefangenschaft

Die Festung

Vergiss es, das gleisnerische Bild,
das sichtbar in eitlem Wortgefecht
der öffentlichen Fassade gewillt
zu erscheinen – Festung und Bollwerk des schlech-
ten Scheins, gerüstet, sich über die beben-
de Tiefe als Schutzwall emporzuheben.

Limburg, 1992

⌘ ⌘ ⌘ ⌘ ⌘ ⌘

privatim

Kein öffentliches Treiben gibt dir kund,
was hinter deinem Nächsten sich verbirgt.
Blick durch die Oberfläche auf den Grund,
der jenseits des Kalküls im Stillen wirkt.

Begib dich fern vom Räderwerk der Mühlen,
von äußren Lebens eingefahrnem Gleis!
Ein Wort, ein Blick lässt dich die Seele fühlen,
die sonst im Dunkel sich zu bergen weiß.

Limburg, 1992

⌘ ⌘ ⌘ ⌘ ⌘ ⌘

Monade

Monade,
Fluch des Alleingangs,
Fensterlosigkeit verbarrikadierter Verdammnis,
Insel,
fernwehgetränkte Zufluchtsstätte
aussichtslos Hoffender,
Bändigungsstätte,
zwanghaftes Unterfangen
zum Scheitern verurteilten
Sublimierungsstrebens –
doch nimmermehr Reinigungsort
vom übermächtigen Willen zum Leben,
vom Drang,
in des Ozeans
wollüstiger Umarmung
liebend zugrunde zu gehen und glücklich,
befreit aus der Leichengruft
nichtigen Individuationsunterfangens; –
verdichteter Kosmos
rational gewendeten Spaltmaterials
vom Ursprung hinweg,

illustrer Scheinboden,
aus dem Erdreich getrieben,
und Spiegelung labyrinthischer Pfade,
den Weg nach innen verwehrend –
schon ein milder Zug
spielerisch fächelnden Frühlingshauchs
vermag die Aufstaplung
hinfälligen Blendwerks
vergessen zu machen.

Wehe,
wenn dir der Brandung Woge
im Sturm die Larve entreißt,
dich in die Tiefe beugt
bis auf die Gründung
deines Erlösungsverlangens –
versinken wirst du
im Meer der Namenlosen,
arme, beglückte Monade!

Limburg, 1992

⌘⌘⌘⌘⌘⌘

Optimismus der Ausweglosen

Verzeih mir, dass ich so spät erst erkannte,
was anfangs prüfenden Blicken entglitt –
nun treibt 's mich in ruhloser Glut; verbrannte
Haut und Haar doch ein Feuer, das mit
nun wachsendem, zügellosem Verlangen
hinunter sich frisst durch bebautes Feld
und auch schon im Wurzelwerk zu verfangen
sich droht – mir das ganze Leben vergällt.
Ach, könnte ich Wetter und Wolken bezwingen,
den Himmel bestürmen, der Meere Gefährt'!
Ich hoff auf Poseidon: vielleicht wird's gelingen,
dass einer sich gegen die Flammen wehrt!

Limburg, 1992

63

Weg
nach innen

Heilsame Leidenschaft

Wenn Stürme und des Feuers
verheerende Flammen
den Boden durchwühlen und Fluten
in magischem Bann,
im Walten der kosmischen Kräfte
das Erdreich verdammen,
zieht dich auch der Urkräfte Wirken
läuternd hinan.

Vorläufig Bestehendes, Fest-
gefügtes zu schonen
ist niemals ihr Werk, damit einst
im Sturze verstum-
mend, nach allen getätigten Tag-
werkes Inkarnationen
die Seele falle in ihr
Mysterium.

Sylt, 1992

⌘ ⌘ ⌘ ⌘ ⌘ ⌘ ⌘

Alles Eingehen in die Sinnlichkeit

Alles Eingehen in die Sinnlichkeit,
jedes aus dem Geiste der Ganzheit gezeitigte
Sich-Einlassen in der Welten Schicksal
als ein endliches und beschränktes,
ist immer schon im Vorgriff
des unbegrenzten Horizonts
vollzogene Entgrenzung der Schranke,
ist Gleichnis vom Werden des Geistes
in seinem Streben zum Absoluten
und Bild von der Seele Sehnen
nach Ursprung und Ziel,
nach Ewiger Heimat.

Limburg, 1988

⌘⌘⌘⌘⌘⌘⌘

Weihnachtsbotschaft

Hochherziger Frohbotschaft
vermarktetes Frohlocken,
aufgeschüttete Insel der Imagination
in das Meer nimmersatten Vergessens;
erspäh ihre Spuren
im Abseits entlegener Bedeutungslosigkeiten,
trübe deines Auges Eingeweide nicht
vor der Strandung des Strahles
im Jenseits des zu Verkündenden
letzter Sinngebung!
Zerstöre die zaudernde Schranke,
zwielichtigen Zweifels
siegesberauschte Horizonteinebnung,
der Hoffnung Erhebung
zu bloßem Erzeugnis puren Wunschdenkens
zu versanden.

Suche sie unter Trümmern
sich verflüchtigender Kindertagträume, steige hinab
zu den Grüften erlöschender Sternverheißung,
sonst hast du sie auf ewig verloren.

Limburg, 1991

Innenperspektive

Dräng nicht nach dem Sonnenlicht,
ehe du den Schatz da drinnen
wohlgeborgen. Es gebricht
dir an Sehkraft. Allen Sinnen
sei die Suche aufgegeben
nach dem Stein aus Diamant.
Leuchtkraft, hundertfach, und Leben
glüht im Sterne jenem, der ihn fand.

Fuerteventura, 1992

⌘

⌘   ⌘

⌘⌘⌘⌘⌘⌘⌘

⌘⌘⌘⌘⌘⌘⌘

Aus kritischer Distanzierung – Lästerverse

Chorismos

I. Aufforderung zur Flucht

Wer noch in der Höhle des Nicht-Wissens haust,
der möge sie schleunigst verlassen!
Drum steige, auch wenn du dem Pfade nicht traust,
empor aus den modrigen Massen!
Denn höhere Bildung ist längst allerorten
Besitz eines jeden Philisters geworden.

II. Vergiss die Höhle!

Über echte Werte im Untergrund
wurden wir nicht belehrt
durch die Alten. Ein imaginärer Fund
in der Höhle? – Er sei dir verwehrt! –
Vergiss ihn! Getrübt sind die Spuren
nach innen,
unwürdig dem Menschsein, verhaftet
den Sinnen.

III. Steige empor!

Und da uns der Weg nach innen verwehrt,
der Schatz in der Höhle vergessen,
bleibt uns nur der Aufstieg, der – vielfach bewährt –
uns aufsteigen lässt wie besessen.
Glück auf! Wem die Flucht aus der Höhle geglückt,
dem wird dann auch neidvoll die Hand gedrückt.

VI. Massenflucht aus der Höhle

Und so drängen wir wie die Motten ans Licht –
sind aber keine Motten,
denn selbst über Wegweiser finden wir 's nicht.
Im Kern noch gar nicht gesotten
und höhlenentfremdet und ohne zu wissen,
wer selber wir sind und welch' Ziel
wir von innen heraus erstreben müssen,
werden wir uns zu viel
auf dem Weg zu der Weisheit lockendem Schein
und dem Ruf 'akademisch gebildet' zu sein.

Fuerteventura 1992

Lob den Moralisten

Ihr Herren, die ihr
die Moral gepachtet
und Laster jeglicher
Art verachtet,
es gibt eine Welt nur,
so herrlich und gut!
Wie ist euer Denken
dem Menschen gewogen,
wenn er nur von klein auf
drauf hin erzogen
zu leugnen, was
seine Rechte tut.

Sylt, 1992

⌘ ⌘ ⌘ ⌘ ⌘ ⌘

Hymne an die Ehe

Du Freund merkantiler, genormter Interessen,
wer sich in deinen Hafen begibt,
der kann für immer sein Glück vergessen,
du Feind des Lebendgen, des Menschen, der liebt.
Gelingt es dem Sohn nicht, die starke Finanzkraft
sich zielstrebig unter die Ärmel zu krempeln,
so ist sie dabei, die ganze Verwandtschaft,
als Niete, Versager ihn abzustempeln.
Und hat auch die Tochter den Mann ohne Rang
und Namen – Nobelpreis und fünftausend Tonnen
Piepen und Scheinchen – so ganz im Einklang
von Seele und Leib für die Heia gewonnen,
so wird gleich in stiller Hoffnung die Frage
laut, ob denn der vernunftlos Begehrte
nicht längst schon die eigene Haube trage
und nicht gar am Ende noch Schwiegersohn werde.
Du Kette vermaledeiter Vermassung,
der wechselwirksam gesteigerten Triebe,
die Habgier durch der Gefühle Entlassung
zu fördern drohen – feind bist du der Liebe.

Sylt, 1992

Auf den Tod einer Pflanze

Aus zünftiger Züchtung entsprossen,
gar üppige Blüten es trieb;
ihr habt es gehegt und begossen,
das Pflänzchen, das euch so lieb.

An Töpfchen und Kästchen und Kübeln,
daran wurde niemals gespart;
man konnt' es euch nicht verübeln,
wie stolz ihr auf einmal wart

auf 'nen Orden für Pflege von Pflanzen;
Lobeshymnen gab man euch kund;
denn keiner forscht' nach dem Ganzen,
den Wurzeln da unten im Grund.

Wie ein Quell siecht 's dahin; unter Stöhnen,
Beschuldigen, großem Tamtam
vergesst ihr: es brauchen die schönen
Gewächse den tiefsten Schlamm.

Fuerteventura, 1992

Der Bann des Poseidon

Durchaus zu bewält'gen – Venus' Beglückung –
für den, der in ihren Bannkreis gerät;
doch wehre dem Zauber Poseidons! Verzückung
entrückt, was Vernunft und Wille gesät.

Das Schäumen der Wogen, ihr Gischten und Bran-
den,
das Chaosgefärbte verheißt dir sein Bild.
Seine Kraft schlägt den Kosmos der Seele zuschanden,
und scheinbar Unteilbares bricht in verwil-
dertem Sturze zur Sehnsucht des Unstillbaren
hinab, dass ewig es selbst sich verliert
und in Todesverlangen dann endlich zu paaren
sich sucht mit dem All, das sein Nichts gebiert.

Der Liebhaber wird zum Gespött der Masse,
der, mystisch geneigt, seine Seele verschenkt,
wobei sich die Lady, nach Merkur-Klasse
gebaut, profitgeil die Nüstern verrenkt.

Drum trau nicht dem Meer,
nicht der Brandung Kraft,
die das Herz dir öffnet und weitet!
Entfliehe Poseidons Gefangenschaft!
Sei kein Tor, der aus Liebe leidet!

Norderney, 1992

⌘ ⌘ ⌘ ⌘ ⌘ ⌘ ⌘

⌘ ⌘ ⌘ ⌘ ⌘ ⌘ ⌘

weitere Werke von Undine Leverkuehn

alle erschienen bei tredition GmbH, Ahrensburg

Zur Novelle "Im Labyrinth der Zeit" Anscheinend hat die körperlich und seelisch jung gebliebene, erfolgreiche Wissenschaftlerin Burga Freienfels ihr Leben in jeder Hinsicht gemeistert. Eine ihrem Alter gemäß zu erwartende Souveränität wird jedoch spätestens mit dem plötzlichen Erscheinen ihres alten Freundes Damon Abarrax infrage gestellt.

erschienen 2016
Softcover 978-3-7345-6607-3
Hardcover 978-3-7345-6608-0
E-Book 978-3-7345-6609-7

In rhythmisierter Weise werden Zugangsportale zur Erschließung von Zahlensystemen geöffnet. Das Transferieren der ach so zugänglichen Dezimalzahl in Codes anderer Systeme, die durchaus nicht praxisfremd sind, lädt zu spielerischer Umsetzung ein oder auch zu (frei nach Wahl zu bestimmendem) zeitlimitiertem Wettspiel.

erschienen 2020
Softcover 978-3-347-06915-2
Hardcover 978-3-347-06916-9
E-Book 978-3-347-06917-6

Die Grundlage des Buches Die Arche-
typenlehre bildet die Basis dessen, was
sich als sogenannte 'Astrologie' heraus-
kristallisiert hat.
Aber Astrologie ist (trotz sprachlicher
Übereinstimmung von Bezeichnungen)
nicht Astronomie. Sie ist die
differenzierteste und aufgrund ihrer
zahlreichen
Kombinationsmöglichkeiten – durch
Zeichen- und Häusersystem bedingt –
wohl auch die interessanteste aller
Typologien.

erschienen 2020
Softcover 978-3-347-04968-0
Hardcover 978-3-347-04969-7
E-Book 978-3-347-04970-3

Kopfnüsse à la carte – binär, dezimal,
oktal – Binomen – Pythagoreische
Tripel – Geometer-Nüsse: Quadrate,
Rechtecke, Rauten und Drachen,
Kuben: Würfel und Quader, Zylinder
und Kegel und -'Stümpfe' Delikatesse:
verschlüsselte Pyramiden Und zum
Dessert: die Kugel bon appétit !

erschienen 2020
Softcover 978-3-347-00958-5
Hardcover 978-3-347-00959-2
E-Book 978-3-347-00960-8

Undine Leverkuehn

Gedichte in
verschiedenen
Schattierungen

Gedankenlyrik, Humoreske,
Knobelei im Vers-Mantel

Der kleine unterhaltsame Begleiter für jede Reise, ein "Pausenfüller" zwischen zwei Terminen, der private Trainer fürs Hirnjogging oder die unterhaltsame Lektüre zum Feierabend: Gedichte in verschiedenen Schattierungen bietet Lyrik, Verse, Rätsel, Knobeleien und ist unter allen Umständen ein anregender wie lustiger Zeitvertreib, der Spaß bereitet.

erschienen 2017
Softcover 978-3-7439-4652-1
Hardcover 978-3-7439-4653-8
E-Book 978-3-7439-4654-5

Spruchdichtung, Impressionen, Impulse, Witzeleien und Knobeleien im Vers-Mantel und eine Novelle.
FREI-SCHWIMMER
Das große Geschenk einer idealen Partnerschaft wird durch die bösartige Intrige eines Rivalen auf der Grundlage möglicher Sozialisation zerstört. Was kann das Schicksal daraufhin für Susanne noch bereithalten?

erschienen 2018
Softcover 978-3-7469-0318-7
Hardcover 978-3-7469-0319-4
E-Book 978-3-7469-0320-0

Undine Leverkuehn

FREI-SCHWIMMER

Ein pfiffiges Rätselbuch für jeden, der Freude an der Faszination von Wissen, Denken, Knobeln hat. Die Thematik in Kurzfassung: Erkenne das Versmaß! Spruchdichtung, Album-Vers, Sinnspruch, Kritik, Humor und Läster-Ei - 888 Rätsel, Quizfragen und vieles mehr …

erschienen 2017
Softcover 978-3-7439-2355-3
Hardcover 978-3-7439-2356-0
E-Book 978-3-7439-2357-7

Der erste Teil des Buches enthält vorwiegend Landschaftsgedichte und Gedankenlyrik (u. a. auch Reflexionen über 'Die fünf Beleidigungen der Menschheit'). Der zweite Teil besteht aus Gedichten auf der Grundlage von Fabeln (von Aesop bis Rudolf Kirsten). Humoresken und Witzeleien sind im dritten Teil in Metrik und Reim gesetzt und bilden den Ausklang.

erschienen 2017
Softcover 978-3-7345-9652-0
Hardcover 978-3-7345-9653-7
E-Book 978-3-7345-9654-4

Lyrik für Inselliebhaber und Weltenbummler. Von Norderney und den westfriesischen Inseln bis hinunter nach Mallorca reimt und dichtet die Autorin fantastische Gedichte über alles, was mit den Inseln in Zusammenhang zu sehen und zu erleben ist.

Als überarbeitete Neuauflage frisch erschienen 2024
Softcover 978-3-384-10870-8
Hardcover 978-3-384-10871-5

Undine Leverkuehn

Insel-Lichtung

Lyrik

für Inselliebhaber
und Weltenbummler

Undine Leverkuehn

STATIONEN

Lyrik

Eine wunderschöne Zusammenstellung mit Versen für das Poesie-Album und ausgewählte, sehr unterhaltsame Lyrik über das Reisen, aber auch nachdenklich Stimmendes legt die Autorin in dieser überarbeiteten Neuauflage vor.
erschienen 2024
Softcover 978-3-384-15698-3
Hardcover 978-3-384-15699-0

Undine Leverkuehn

Jenseits der Schwere

Eine phantastische Novelle

Diane Atalant, eine allseits bewunderte junge Frau von vielseitigen Interessen und bemerkenswerten Fähigkeiten, geistiger Energie und geheimer mystischer Neigung, studiert Physik und Theologie. Ihr Hauptinteresse gilt kosmologischen Studien. Dem Wunsch ihrer Verwandten, den ersehnten Schwiegersohn als Leiter der Ataland-Werke heimzuführen, kann sie nicht entsprechen. Sie ist zwar keineswegs durch ihre Studien zur introvertierten Grüblerin geworden; doch die albatrosbefiederte Fernstenliebe aus der ihre Seele lebt, glaubt sie nicht real in Gestalt eines Menschen finden zu können.

Eines Tages tritt eine hohe, edle Erscheinung auf, deren Wesen und Wirkkraft zunehmend allen Institutsmitgliedern, auch den notorischen Skeptikern, Hochachtung und Ehrfurcht einflößt. Neben auf höchstem Niveau, über Menschenmaß hinaus ausgebildeten Fähigkeiten werden durch ihn Tugenden lebendig, eine seelische Reinheit fern aller selbstsüchtigen Bedürfnisse, zeigt sich durch ihn eine von vielen zuvor als imaginär eingeschätzte Tugend des Menschseins, die im Rahmen erdgebundener Existenz nicht für möglich gehalten wurde.

Wer ist er? Wo kam er her, er, der so plötzlich wie aus dem Nichts auftauchte? Ist sein Reich überhaupt von ird'scher Art?

Überarbeitete Neuauflage
erschienen 2024
Softcover 978-3-384-17055-2
Hardcover 978-3-384-17056-9

FSC
www.fsc.org

MIX

Papier | Fördert
gute Waldnutzung

FSC® C083411

Zeitfracht Medien GmbH
Ferdinand-Jühlke-Straße 7
99095 Erfurt, Deutschland
produktsicherheit@kolibri360.de